未竟之旅

崔丽娟 著

上海文艺出版社

崖丽娟

主任编辑、二级编剧，资深媒体人，现为《世纪》杂志副主编。

上海市作家协会会员、上海电影家协会会员、上海市电视艺术家协会会员、上海市广播电视协会会员、中国近现代史史料学学会理事、上海文史资料研究会会员、上海宋庆龄研究会会员。曾任大学教师、新闻记者、编辑、上海越剧院副院长。

20世纪80年代，曾发表诗歌、散文、随笔；90年代转行新闻传媒业，发表新闻报道、人物专访、文艺评论、影视传媒研究、历史研究等各类文章。近两年回归诗歌创作， 2019年，在《上海文学》《上海诗人》《人民政协报》《解放日报》《新民晚报》《滇池》《青年时代》《广西日报》《兵团日报》《福州日报》《茂名日报》等发表诗作数十首。

《未竟之旅》为个人第一本诗集。

时间的佳酿

——序崖丽娟诗集《未竟之旅》

赵丽宏

诗歌是什么？诗歌是文字的宝石，是心灵的花朵，是从灵魂的泉眼中涌出的汩汩清泉。把语言变成音乐，用你独特的旋律和感受，真诚地倾吐一颗敏感的心对大自然和生命的爱——这便是诗。诗歌之心是博大的，它可以涵盖人类感情中的一切声音：痛苦、欢乐、悲伤、忧愁、愤怒，甚至迷惘……唯一无法容纳的，是虚伪。好诗的标准，最重要的一条，应该是能够拨动读者的心弦。在浩瀚的心灵海洋中引不起一星半点共鸣的自我激动，不会有生命力。

以上的文字，写于三十多年前，是我对诗歌的看法。读崖丽娟的诗集《未竟之旅》时，我很自然地想起了这段文字。

读崖丽娟的诗，感觉是面对着一挂清澈汹涌的瀑布，波光晶莹，水声轰鸣。她的幻想和激情，带着青春的气息，扑面而来，让人情不自禁地感叹，诗歌，对于人生对于生命，竟然有如此神奇的魔力："我和我的诗/如飞蛾/扑火而来/又涅槃而去。"这是怎样的一只飞蛾？她展翅投扑的，又是怎样的火，她的火中涅槃，又是怎样的情景？读她的诗，可以依稀找到答案。

对关心诗歌的读者来说，崖丽娟大概是一个陌生的名字，以前很少看到她公开发表诗歌。据她自己介绍，大学时代，她学的专业是历史，却曾是诗歌爱好者，读诗，也写诗，偶尔发表过作品，对上世纪八十年代的诗坛，有过满腔热忱的关注。但是她没有选择进军诗坛，而是默然告退。研究生毕业三十多年，她当大学教师，当传媒记者，在文化部门当管理者，当杂志编辑，虽然一直从事和文字打交道的工作，却几乎和诗歌绝缘。而我们读到的这本诗集，是她在一年的时间里写成的新作选集，这样的写作速度和效率，让人惊异。这也许是一个少见的案例，是一个奇迹。但是读崖丽娟的诗作，可以得到这样的结论，这三十年来，她尽管很少写诗，但她的灵魂并没有离开诗，一直保持着对诗歌的热爱。她的写作也向读者证明，诗歌，其实不会舍弃真正的诗人，而是会无时不刻地吸引她，影响她，陶冶她，磨砺她，引领她。诗魂即便被一时压抑，只要爱诗之心不死，感遇的诗意就会播种萌芽开花。积蓄的诗情犹如酿酒，犹如炼丹，即便岁月流逝，一旦有机会，诗兴便会如同古井喷涌，火山爆发。

崖丽娟用她的诗倾吐爱情，炽热率真的咏叹中，隐藏着迷离的情景："比雾朦胧/比云缥缈/比山沉重/比风轻盈/比冰还冷/比火还热/爱情，是猜不透的谜"；" 暗藏的念想/伴随年轮的增长/经泪水浸泡成/时间的佳酿"。这样的文字，可以让人回味，让人猜想，让人进入情意弥漫的诗歌丛林，"拾起 ，一段往事/就像拾起被秋风吹散的/一地落英"；"枕着一夜的烟火星光/灿烂地飞向你"……。她也在诗中思考哲学的命题："有时候，万物在你的质疑中/突然静止/有时候，世界在你的斧凿下/破碎支离"。人生之道的曲折和诡异，在她的诗中有独特的表现："蛇一样的路/ 路一样的蛇/交相缠绕着人生"。

诗是激情和灵感的产物，诗的激情确实更多和青春相连，所以诗人的特征常常是年轻。然而这种年轻应该是精神的，而非生理的。和诗歌结缘,可以使人保持青春的心态。只要精神不老,诗心便不会衰亡。平淡无奇的人生,会因为缪斯的关注而激情洋溢、荧光四射。沉浸在诗歌世界中的崖丽娟,时常觉得自己“就是一个长不大的女孩,整天耽于幻想”,“历劫的心不肯老去”,在诗歌的殿堂前流连忘返。她的诗中洋溢着青春的活力,散发着年轻的气息。她的诗歌触觉伸向广阔的领域,这本诗集中,有爱情的咏叹,有对生命和时光的思索,有对世态炎凉的感慨,也有对艺术的赞美。崖丽娟是诗坛新人,却不是稚嫩的习作者,因为她有生活的历练,有情感的积累,有对文学孜孜不倦的追求。

相信这本诗集会打动很多读者,也会给爱诗者非同一般的启发。

2019 年 3 月 10 日于四步斋

目　　录

contents

第二辑　哲思：岁月的沉淀

第一辑　爱情：飞扬的思绪

爱情,从来都是文学创作永恒的主题。

古今中外,有大量以爱情为主题的诗篇流传下来。

“人生自是有情痴,此恨不关风与月。”

诗歌虽美,但比诗歌更动人的,是背后寄托的感情,愿每一首诗带给你的都是美好的回忆……

未竟之旅

曾经，我们携手同行
悠然踱量人生漫漫长路
有蓝天　有白云
还有微风拂动的衣裙
像快乐的心

曾经，我们同窗共读
仔细品味人生百科全书
有谜题　有谜底
偏偏我们的那页
空空如也

无法挣脱的悲凉
笼罩了敏感的心
望向遥远的未来
我幽怨地说出
且让我独行

从此独行于未竟之旅
蹒跚　且　落寞
远远回眸渐行渐远的你
如原野上孤独的白杨

忧伤　且　无奈

泪光中
你的身影依稀
岁月的尘埃纷纷扬起
模糊了——
最初的一切记忆

倘　若

倘若　你知道
总有一张恬然的水彩画
把那不复再有的岁月
清晰地叠印在我的脑际

倘若　你知道
总有一颗不安的心
把那梦想
用诗演绎成美的延续

倘若　你知道
青春之谜因我俩相遇都应运而解
我不会在梦里欢笑或哭泣
都是因为你

倘若　时光可以倒流
你是否愿意一起穿越回到从前
像无邪少年　相约
把人生之书慢慢翻阅

相　遇

这样的寒冬
这样的雪夜
我将心中的柔情
捻成长长的丝线
温柔地串起你的诗句
一行，二行，三行……

三十年的光阴悄无声息
早已喑哑了瑟瑟心弦
不凋谢的永远是你璀璨的名字
谁用这般优美细腻的文思
弹奏我青春梦幻的华章
一曲，二曲，三曲……

经历多少时过境迁
感受几度物换星移
人生的风浪又高又急
错过了草长莺飞
又错过了风花雪月
一季，二季，三季……

今日命运让我们相遇

我无暇顾及慌张的脚步
没有收拾忐忑的心情
只频频回眸
努力分辨你来时之路
一条,二条,三条……

分　别

那天，一场初雪轻轻飘过
你挽着暮色寂寂地走了
我伫立在街口
冰凉浸润我的额头
目光漂浮
一颗心满怀着热望
搜寻你的身影不见了

路灯，亮起一团光
柠檬黄的灯晕模糊了泪眼
一阵风，又一阵雪
竖起衣领
裹挟着失落
此时的我，只有一个感觉
冰雪又结满我站立的地方

平安夜

夜醒着
五颜六色的灯,也醒着
雨后的大地悄无声息
远方的你
牵动我的情思
为此,我和我的诗
如飞蛾
扑火而来,又涅槃而去
你的身影
划过夜空
从容　笔直　坚定

穿过时空,越过距离
在动车的呼啸声里
我的思绪
缠绕着平平仄仄的诗句
恣意地弥漫成
远距离的潮汐

平安夜
静坐灯下
灵感不期而至

心事,潮落潮起
枕着一夜的烟火星光
灿烂地飞向你

我在等你

白昼,如骚动的愁绪
雾一般自指间滑去
把世界留给了——
五彩缤纷的黄昏
黑夜,却如魅人的秋水
伸出柔软的纤臂
把世界搂进了——
甜蜜的爱河

仰望着夜空上的点点繁星
蓦地忆起了那双深情的眼睛
乘着思念折成的扁舟
我轻轻地,轻轻地
划入墨蓝色的湖里
亲爱的,无人知晓
我—在—等—你

黄　昏

风,轻轻吹起
黄昏的小径
两人相对无语
看金灿灿的落叶满地

熟悉的故道
花红叶绿　草长莺飞
在记忆
一点又一滴

或许,聚散从没有定义
或许,悲欢从来也不离
当华发飘飞
回首的你我
是否依稀仍见
分别的黄昏
我和你

揣 想

我常常揣想人生将过
回首的你
是否会眼含热泪
将来来往往的行人
一一让过
只为重新寻找年轻的我

年轻的我
洋溢的青春气息
如翠竹　如碧波
又如美丽的百合
小小的心事
似一枚青青的橄榄果

怎知时光飞逝如昨
一切被岁月悄然改过
让两鬓斑白的你我
相逢执手
却泪眼婆娑
默然消逝于人流的孤单背影
写满了落寞

年轻的你　年轻的我
永远无法猜想
爱情
为何竟会如此淡薄

佳　酿

闭上眼睛
就能感受到
思念的涟漪在心里荡漾
你温存的笑容
在记忆中缠绕
你璀璨的名字
盛放在我的生命里
一路甜蜜,一路芳香

感谢命运的馈赠
暗藏的念想
伴随年轮的增长
经泪水浸泡成
时间的佳酿

恋　歌

若所有的悲凄都因你而起
若所有的苦楚都因你而起
若所有的欢欣都因你而起
若所有的愉悦都因你而起
……
我如何愿意放弃了你

命运无情地昭示
你终将会离我远去
我知道啊,一切情非所愿
时间和空间,总会
用流水　用距离
顽强地把你从我心中抹去

窗外,路途遥遥
鬓上,白发苍苍
灯下,心事凄惶
心里,无限惆怅
所有的悲欢离合
都一如消逝的岁月
遥远,且无法追回

是那样忘我的深情相拥
又那般无奈的不舍对视
年华不饶
而明日——
明日,将恍若隔世

剧　变

曾经在一个温馨宁静的秋夜
秋风中的秋月
你秋风般的微笑
你秋月般的温柔
让我满怀感激地唱出
一生的欢乐

不想在一个阴霾沉郁的冬晨
冬风中的冬雪
你冬风般的凛冽
你冬雪般的冷峻
让我骤然明白
那欢乐
竟是一生最难下咽的苦果

伤　感

极想在此刻　挽住绮丽的梦
让梦想成真
无奈　岁月的步履匆匆
留不住的总是我们美好的时光

让我永远这样低垂着双眸
挡住你投射而来的目光
深情呢喃你的名字
咀嚼出往昔甜蜜的芬芳

岁月里从此多了一种滋味
无奈地,淡淡地爱着
又无奈地,淡淡地猜想
从此的你,将怎样与己无关

一阵微风轻轻吹过
恰如我的愁绪和忧伤
双眸里闪动的莹莹泪光
终是无声地滴满
伤感的心房

心 语

当缠绵的疲惫
终于　远离了我
两行冰冷的泪
顺腮而下
拾起，一段往事
就像拾起被秋风吹散的
一地落英

面对无法再续的情缘
请不要说
爱过　或　恨过
不要纠结　谁对谁错

当我如一朵薄薄的浮云
从你的心灵上空　轻轻飘过
请不必打开心扉
为我，将无言的结局
重新回味

在人生长长的旅途上
你我要负荷的
是同样沉沉的辎重

默　契

无风无月的季节
激情和温馨并不跟每一个日子相连
有时平淡无奇,有时默默无语
就像一片叶子与另一片叶子
在同一棵树上生存
却互不相干
因而,渴望风
渴望因风而舞动的叶浪
以及汹涌,隐藏于叶脉下的骚动不安

默契来源于相同频率的颤憟
一旦风起,树影婆娑摇曳
若你看见
一片片叶子相互致意和亲昵
不必讶异
细寻隐藏于诗里的潜意识
或许
我们也曾如此
纠缠依恋,不舍不离

梦：一个长不大的女孩

是你吗，真的是你吗
披着霞光，踏着自信
洒一路温暖微笑
向我款款而来

不能让你知道
我曾怎样苦苦地
把你等待，不能让你知道
我又怎样满心欢喜地
盼着你归来
不能让你
从我的眉尖笑靥
把什么都猜出来

你为什么不说话
都猜出来了吗
为什么轻轻地按住我的鼻尖
一声叹息：
“唉，你真是一个没长大的女孩”

我就是一个长不大的女孩
整天耽于幻想——

总不能忘掉面对明媚春光
你拉我奔向远郊
看满山遍野的杜鹃花火红的盛开
总不能忘掉面对夏日知了悠长的鸣唱
你催我收拾行李
到银色的沙滩眺望无垠的大海
总不能忘掉面对秋日落叶
你陪我坐在草地上闲聊
让太阳尽情地晒
总不能忘掉面对冬雪银色皑皑
我痴痴发呆
你问我是不是因为寂寞
正静静地把理想的爱情等待

唉,真希望永远做一个长不大的女孩
可面对现实我从梦中醒来
万般无奈,眼看你飘然而去
依依不舍,仿佛天上悠悠的云彩
就这样
你我从此天各一方
或近在咫尺
都不能再敞开心扉
诉说这一段美好的情和爱

是你吗,真的是你吗
披着霞光,踏着自信
洒一路温暖微笑
向我款款而来

让我总不愿长大
不愿去忘掉
你给予我的理解和关怀

浅浅的界河

为什么直到今天
你才伤感地告诉我
原本我们可以趟过浅浅的界河

你不是不想,不是不能
我也不是没有等
男人的骄傲和怯弱
女人的矜持和虚荣
仿佛一条不可逾越的界河
彼此沉默地微笑着
心中的浪花一朵又一朵

你微笑着送我
我微笑着上路
也许
你也知道,我也发觉
那原本只是一条
浅浅的界河

为什么,直到今天
你才伤感地说出这一切
如果是你的痛悔

如果是你的憾恨
都没有用了,今天的你我
谁都无法再趟过那条浅浅的
浅浅的界河

永失我爱

怎么会一切都来不及
怎么会许多话来不及问
也来不及答
怎么会日落之后
夜幕马上降临
怎么会泪流不止
却无声无息

不是还有日升，不是
晨曦一露，夜色尽散
不是月缺之后
月又圆吗
不是春去秋来
时光不老
怎么人一散去
便难相聚

让风就这样吹
掠过耳旁
让记忆停滞
随岁月埋在心里
让所有的所有

化为禅意

不再寻找答案
不再纠缠真相
不再苦苦追问上苍
尽管我多想弄清
漫长的一生里
瞬间的永恒
与
永恒的瞬间
究竟
哪一刻更惊心
哪一刻更美丽

蒲公英

我并不等你
只不过自己和自己玩着
蒲公英在手中
慢慢的旋转

没有解释
没有道别
这也没什么不可以
梦,是自己做
还是自己来结束

你的信,真轻
无数的碎片
像蒲公英
从我心上
轻轻地飞走了

十　年

不想十年后的相遇
看你宛如六月灿烂的阳光
不仅美丽着
你漂亮的裙裾
也美丽着
你依然动人的双眸

不想十年来的牵挂
对你深深的思念
是十二月凛冽的北风
总不经意地
从四面八方
向我冷冷的吹来

不想我十年生活的重荷
是你离别时的眼泪
如三月淅淅沥沥的雨
不停地飘在记忆里
直到今天
才被你六月灿烂的阳光
骤然晒干

那个午后

那个午后　你再也没有来
最后的温情还在甜蜜我的心
倦鸟思归是你的渴望
你选择了婚嫁
我选择了孤独

那个午后　你真的没有来
相识是一场缘
分手何尝不是
迎亲的爆竹粉碎了往日旧梦
面对一地缤纷落红
我黯然神伤
披着婚纱的你竟如此美丽

那个午后　你永远不会再来
咫尺天涯已是天各一方
仰望遥遥天河
七夕鹊桥铺满了绵绵相思
年少轻狂的我
骤然明白——
蹉跎的岁月
已空负了大好春光

寄　别

不愿,每个日子都涩如黄连
不愿,泪水沾湿你亲爱的容颜
在夜最深,月最圆之时
让我——
孤独地诀别

没有谁知道
我曾怎样撑着一颗破碎的心
独自登上那辆忘怀的列车
没有谁知道
我曾怎样收回灼灼留恋的目光
怎样拭去腮边最后一颗
冰凉的泪滴

故事已经结束
毋须难过　毋须惋惜
毋须探究最初的神奇和美丽

勿忘我

今夜,请你好好地
请你仔细端详我
在泪光中
请你千万记住我今朝容颜
也许此次一别
再难相见
也许相见
只能感叹月华与流年

多少的苦涩　多少的留恋
从我的心灵流向字里行间
短短的诗句
是我无法投寄的缕缕思念
哪怕用完心灵的所有便签
也心甘情愿

多年以后,当回忆的风再吹
你若重读这些诗句
定然会明白——
爱你,我曾怎样无悔无怨

为你写诗

好想用心写一首诗
有天上漫卷的云
有大海翻腾的浪
还有望不尽,走不完的路……
我想倾诉难以言表的一往情深
像圆润珍珠坐盼漂亮的妆奁
像等待收割的金黄麦穗
渴望镰刀恣意挥舞的痛吻
浪漫。热切。深情。或燃烧。

如果幸运
你就会洞悉我的心事
而我总喜欢怀旧
在岁月的交叉路口执迷不悟
那这首示爱的诗
是不是你就可能没读懂
无论表达——
幸福。痛苦。迷茫。或忧伤。

或许,过于一厢情愿
既错过花期盛开
又错过阳光滋润

不合适宜诞生的一首诗
就像一场捉摸不透的爱情
纵然相思,毕竟缘浅
朦胧。晦涩。飘浮。或沉沦。

牵　怀

朱唇微启　惊讶于
茫茫人海
熟悉又陌生的频频
回眸

千言万语涌上心头
却难以开口
纤纤玉指　轻轻一握
山重重　水也重重

盈盈泪光　一闪又一闪
今生的你我
惟有不变的牵挂
在心头温柔

相思苦

浓浓的相思
化不开夜色萦绕寂寞的气息
无法穿越时空长路
走不进你的芳心

想象之手剪接岁月的长发
纷纷乱乱
一簇一簇遗落的忧伤
随风飘散
打开思念闸门
渴望汹涌而出

独坐枯灯之下
心中温柔的花
一季又一季
兀自盛放孤独的
春秋
冬夏

梦的灰烬

内心那团火炙烤灵魂
惊慌失措的我却找不到
时光之水,眼睁睁看着
多少年的梦毁于一旦

坐在岁月的废墟
撩拨记忆的灰烬
一直想找到那把打开心结的钥匙
曾经的梦啊无影无踪

被灼伤的情感百孔千疮
无论多么丑陋的伤疤
并非不可理喻
并非可以任人亵渎

只是早已经习惯生活在梦中
此刻,可以从容安静吗
一个人,面对辽阔的心湖
慢慢地打捞
水中月 镜中花

爱之声

唇边的悄悄话因为爱情
优美成一首首温暖的诗
印在柔软和深情的心上
只让一个人细看

燕雀的欢腾,夜莺的歌唱
还有荡气回肠的呼唤
悠远为山涧瀑布的咏叹
只让一个人欣赏

细细斟酌写下字字珠玑
排列成长长短短的诗句
所有深深浅浅的吟诵
只让一个人读懂

我不相信，我相信

在我离去的时候
我不相信你的平静
就像不相信
四季风吹拂过的山谷
没有动人的风景
不相信海水涨潮的心灵
依然安宁
不相信斑斓的岁月
留下的
只是荒芜的记忆

我相信匆匆走过的脚步
伴随的那颗心
我相信默默关注的眼神
蕴藏的那份情
我相信时间，相信永恒
相信我的爱，我的梦
相信记忆的线
织成回归的帆
只要还在我心中升起
总不嫌晚

爱的回赠

自从遇到你
心灵就失去安宁
思念像月光一样惨白
冷冷地倾泻大地
雄鸡破晓才知
遗忘是一场骗局

从不期待聚守两依依
哪怕人生的键盘
再不弹奏“勿忘我”的主题
伤感的心独自沉吟
漫长的一生
谁来馈赠曾经青春的你

时间和空间都会产生距离
爱或不爱已经没有意义
为使人生不那么单调枯寂
我把美好的记忆
以诗的名义
回赠我自己

光阴的故事

像春天迷迷濛濛的雨
往事打湿我的记忆
凝成一珠珠泪滴
多年前的分别
早像枯叶一样
埋在记忆的泥土里
虽然没有刻意
但我从此相信了光阴的无情

当我飘然而去
我相信
你会静下心来读这些诗句
你会在潮湿的记忆里
搜寻出一颗温润的心
你会渐渐明白——
那场爱情的梅雨季里
无心的你我曾合演了一出
没有结局的悲欢离合
人生剧

生活依旧如昔
你我沿着惯性的轨迹

各奔东西
今日的你,会不会懊悔
为什么没把这一切
好好地珍惜

诗人之间

伤感，被莫名的忧郁挟持
你懂我吗
如流水遇到高山　淙淙地
一路欢歌　在阳光下
激情奔流　绕过丛丛礁石
深情地你唱我和

我以为我们之间的距离
只是几行短短的诗句
一样的精心构思
一样的遣词造句
你写一个“爱”
我写一个“情”
共同用心写就的诗篇
成为了千古绝唱

情难自禁
我就做了这样的猜想
而你或许无动于衷
并不知道唐诗宋词里
小桥　流水　人家
枯藤　老树　昏鸦

哪一句让我
痛断了肝肠
又魂断了天涯

航　船

真想变成大海里的一条鱼
藏起鳞片闪耀的尾鳍
悄悄地游向你
甚或变成一只翱翔的海鸟
勇敢地穿越惊涛骇浪
一往情深地追随你
当然,如果你需要
我还愿意是河道湾那盏不灭的航标灯
陪伴你在光明与黑暗之间穿行
经年累月
任凭日晒雨淋

海上不会风平浪静
海底也充满暗礁和诱惑的陷阱
有时浪花与你亲吻
有时海风与你絮语
有时多情的海草来羁绊你
有时凶猛的海鱼来袭击你
你,始终沉默坚如磐石
无所畏惧地扯满风帆
乘风破浪,一路朝着
目的地,唯有这明确的方向
是你勇敢前行的动力

初春细雨

初春的南方多雨
今夜又是细雨淅沥
迷迷濛濛像谁的眼神
所有的思念都来自于你呵
多少次都在细雨中
呼唤你的名字

放飞的相思鸟只在梦中低迴
时光仿佛回到从前
心向着你自由自在地敞开
绵绵的深情呵
如细雨丝丝
那些日子
风中到处弥漫爱情的气息

不再有春风般温柔的叮咛
不再有细雨般亲切的足音
不再有万物逢春的复苏

因为无奈而抛弃无奈
因为哀伤而抛弃哀伤
因为迷茫而抛弃迷茫

已找不回那首青春的歌
爱情只是手中的一捧细沙
从岁月的指尖悄然滑落
像今夜的细雨落地无声

这些日子

夜不成眠
微信里全是
刻骨铭心的惦记

长长短短的句子
宛如美丽的精灵
在夜空奏响旋律

灵感随之起舞
构思　遣词　造句
所有的前尘往事
最终
落笔成诗

这些日子
在诗里
我们深深相爱
在现实
我们无奈别离

缘来缘去

除了微信里的文字
和电脑里的诗句
往返于你我之间
好像,并无多少庸常的生活场景
可作为回忆

还好,诗稿成了襁褓婴儿
被温柔裹藏于胸
秘不示人
那些欢喜的,伤感的,惆怅的文字
仿佛缘来缘去的注释

如若不然
为何每一次的午夜梦回
每一次惊魂未定地闭上双眼
莫名的泪水
缓缓滑向鬓边渗入发际

回　响

最美丽的文字
我再也品不出甜蜜的味道
寂寥的心空
回荡苦涩的呢喃
思念徘徊在心门之外

冬夜漫长
时光编织心灵的罗帐
几多缱绻随夜色飘落
心儿
多么感伤

仰望星空,将心事托付给月光
蓝荧荧的夜空鸟儿全没了
树影无声无息
静谧的夜晚
可有风儿吹开你的心房

你的世界遥不可及
请你不要沉默啊
即使
花开,蝶舞,鸟鸣
都有回响

单相思

单相思
就像秃鹰扬起黑色的翅膀
率性抖落的一片又一片羽毛
孤单地飘零
消隐于　淹没于　遁迹于
风驰电掣

无人知道
夜深人静嚼碎多少思念
才能　勇敢地　坦然地
微笑
迎来天明

无人知道
绞尽脑汁斟酌多少诗句
才能让起伏的心潮
归于平静

无人知道
咬紧牙关捂住滴血的
心,有多么的痛
强撑着,才能踉跄地登上

忘怀的列车

无人知道
千斤顶般沉重的静默
我需要用
多大的力量和勇气
才能让
现实的无奈
与内心的伤感和解

就像孤独夜空最暗淡的那颗
星星
就像玫瑰花园最枯萎的那朵
花儿
无人知道,单相思
多么难以启齿
又羞于表达

绝口不提

有一种爱,日复一日
重重叠叠开放在心里
疯长成纠缠的绿蔓
借着微醺的夜色
才敢,轻声呢喃

当爱你,成为奢望
我便学会躲藏
当爱我,成为向往
你也试着推搪
满枝期盼的花叶
开了又谢

渐渐地,我们都学会
换种方式,换个角度
遥看对方
成为别人相偎相依的侧面

当爱,成为彼此禁地
哪怕泛滥成汪洋的爱恋潮声震天
即使痛得哑口无言
我们绝口不提

非逻辑想象

爱是一颗心与另一颗心的诉说
而有时,爱却是沉默
狂飙后倘若无法把握
选择,有时是肯定,有时是否定
而有时是什么也不做,什么也不说

沉默已成自然
很奇怪当初为什么能
自然,张口闭口地说笑

隔膜已经滋生
很奇怪当初为什么能
滋生,一见如故的亲切

冷漠已然蔓延
很奇怪当初为什么能
蔓延,雾一般朦胧的爱恋

忘却成为必然
很奇怪当初为什么能
必然,让一切不可思议的发生

童话宫殿

我喜欢沉湎于自己的梦中
在瑰丽的世界里独自流浪
喜欢用文字
砌一座漂亮的童话宫殿
喜欢偷偷写一首诗
藏于心中,不肯示人

当然,我知道
童话宫殿里有一扇通向幸福的未知之门
每个人都可以开启
我最喜欢
在门口偶然地遇见你
彼此心照不宣

真　想

真想，将春日那一场绮丽的梦幻
用心挽成一个个
永远解不开的结
在心灵深处，紧紧拴牢

真想，将冬日那一曲伤怀的心声
就此谱成一首首
缠绵悱恻的歌
任由它，千古流传

无奈，流水一样的日子
太匆匆
良辰和美景
在每一次别离后
总被不经意地疏忽

相思酿成一杯杯浓浓的酒
回忆中，我慢慢饮啜
慢慢品尝
可是，任凭怎样的小心
豪饮是醉
浅尝亦是醉

相思湖畔

太阳累了一天瘦了下去
黄昏的微风吹皱了朦胧的景致
我漫步湖畔的林荫小道
情思荡漾起湖中的层层涟漪

听不见两岸的喧哗声声
暮色罩住了一颗宁静的心
畅想随着水的流韵远去了
唯有满月的诱惑充满了芳馨

潇洒于生活纷至沓来的召唤
潇洒于黄昏千缕相思的纯真
我伫立于湖边
静静等待约会的来临

雨中玫瑰

初春,雨丝淅沥
路面上谁洒下玫瑰的花瓣
红着,艳着,漂亮着
雨水温润着怒放的芳华

因你出现
春天闪耀温柔的光芒
三月的柳丝像春雨绵长
空气清新,如同你热切的呼吸在耳旁
因你出现,心事明明灭灭
在灯光骤熄的黑夜
在时光飞逝的燧道
因你出现,情绪沉沉浮浮
在波涛汹涌的海上
在层峦叠嶂的山岚

雨中斜躺地上的玫瑰
鲜艳欲滴的花瓣
仿佛感叹白昼的匆忙
又好似感叹命运的无常

等　待

今天和昨天一样
潮湿　阴郁　沉寂
这个世界好拥挤
喧嚣的人声仿佛把你窒息
没有一声问候属于你
哪儿可以让脆弱的绝望
寻得片刻休憩

临窗而立
要不要默默祈祷
黄昏的帷幕里有声音轻轻呼唤你
多么漫长的等待啊
思绪在等待中迷离
是哪一条线路阻碍了归途
失神的你
无助地哭泣

双人舞

一切都太神速
开始和结束
像两颗流星
相交离合都很匆促

在人生的舞台上
我们都太怯弱
有心想跳一段双人舞
可谁也挪移不开自己的脚步

一切就这样结束
不可思议地迷迷糊糊
甚至来不及
笑,或者哭

仅此而已

抬头,目光与目光相遇又游离
因为,害怕燧石与燧石相撞
焚了自己

伤感的心在阴差阳错的轨道上
徘徊饮泣
想把相思之梦补拾
偏又无数次错失了佳期

心和心发出呼唤
谁也不敢答应
手和手伸出又收起
不是没有勇气

面对命运的馈赠
我们微微一笑
仅此而已

两棵树

我在东　你在西
彼此之间总有一段距离
虽然近在咫尺
心,想偎依
叶儿
却不够茂密

也许命中注定默默分离
也许终身只能颔首相见
但,这也就够了
只要还能并排站在一起
同沐一道阳光
同享一缕春雨
相恋的根儿
终会
悄悄相系

呓 语

今晚，没有星星
远方的灯，那若明若暗的光
也没有了
我的身影
掩藏在暗黑的夜色里
没有下雨
这是寒冬
好冰凉的风哦

我拿着一本诗集
没有光
也能一字不漏地背出来
是你赠送我的
没有人会知道
就像我俩的故事一样

就在这儿，往上
再无石阶
只有两棵树
过去，我们常坐在树下
读着诗，也读着彼此
可今天

我在等谁呢

已经从早上
等到中午
等到晚上
等到星星消隐了
远方的灯,那若明若暗的光
也没有了

黑暗中
你送我的那本诗集
丢了……

第二辑　哲思：岁月的沉淀

走过春夏秋冬，走过人生四季。

遇见爱，遇见暖，遇见美丽。无论遇见什么，好好珍惜。

“此情可待成追忆，只是当时已惘然。”

当千帆过尽，岁月沉淀，翻开这些诗页，回忆曾经的过往，往事历历在目，那些纯净的梦想，都珍藏在生命里……

无　题

蛇一样的路
路一样的蛇
交相缠绕着人生
如同痴情的异性
眼前的,幽然而至
扑向你的胸膛
身后的,尾随而来
咬着你的脚踵
仿佛没有唇印的吻
比路还长的梦

当思维模拟着蛇
蠕动光滑的躯体
爬上阳光牵不动的路途
无数纷乱的线条
给自然和社会投下阴影
千年的古树下
遗落破碎的理想
古树下的我
坐着　站着　走着　跳跃着
向着太阳
高举狂热的手臂

粉墨人生

梳妆台前,纤纤玉指
搅碎了阳光
金钗玉簪轻轻滑过
绿鬓粉颊
发髻点点碧翠

菱花镜里,顾盼生辉
描眉,画红
娇羞,含嗔
妆容精致映照一对
璧人美

舞台上,莲步轻移
迷乱了光影的钗凤罗裙
随风摇摆,窸窸窣窣
你吟唱,深闺春梦短
我倾诉,无尽绵绵情
微阖的凤目淡然阅尽
人世间的悲欢离合

粉墨人生,芳华刹那
转身,大幕落下
泪倾洒

戏里戏外

大幕，徐徐开启
且让，浓妆艳抹的我们
携手愉快地同台演出

戏里，笙箫笛管
切切嘈嘈地演奏粉墨春秋
剧情唐突，角色糟糕
暂且都别理会
今晚，聚光灯下
我们就是绝对的主演

你的笑和着我的泪
忘情共唱一曲才子佳人
台前的观众
幕后的导演
只为入戏的角色
鼓掌喝彩

戏外，凝思默想
热热闹闹，或真或假
是什么催老彼此年华
灯光骤亮，恍如一梦
大幕落，戏散场

寒冷的季节

又是霜满天的季节
树影在风中摇曳
撩起心中阵阵凉意
我不愿寻找温室的鲜花
花朵在凛冽的风中不堪一击
也不愿寻思优美的诗句
简单阐释深邃的人生哲理

冬季风——
裹挟着北方的豪放和粗犷
吹走我诗篇温暖华丽的外衣
那让我在冰凉的呼啸里
静坐
默想
纯净地感受
冬天的美丽
以及,冷空气中弥漫的千万种
暗示

黄昏抒怀

为何我如此钟情于黄昏
钟情于黄昏空寂的静谧
黄昏朦胧的景色
果真能藏住满心的忧伤
黄昏模糊的暮霭
果真吻合寂寞的惆怅

不管是玉阶台前的静坐默想
或者是绿草地上的徘徊徜徉
一抹夕阳余晖
像是你告别时的最后时光
留驻心里的
总是黄昏时感受到的凄凉

微风渐起　暮色四合
世间万物一片空濛
我的心
在钟情的黄昏里
化为灵空

夏日午后

夏日清风徐徐吹来
头发全乱了
最初的畅想
演绎成一首无人伴和的独唱

冰凉的双手
捂着一个滚烫的渴望
脸上的表情
写满深深的忧伤和迷茫

午后的太阳西斜
光芒褪散
你的背影在夕阳里辉煌
远山落下黛色的惆怅

为一个可望而不可即的愿望
夏日午后
我迎风而立
等待也是一种飞翔

思想的漫步

爱情的痛痴失去了血色
揭开一层还有另外一层
很厚实,那是岁月经年的造就
有故事的人生
哪一个不是伤痕累累

优美的文字是一种陷阱
充满力度的哲思如锋利之刃
沉迷的阅读带来思想的外伤
每一个叩问之人
都因此而痛不欲生

命运的判官庄严审视生命的过客
滚滚红尘纠缠着名利和情爱的恩怨
欢笑不过是短暂过程的点缀
谁不是哭着出来
谁又不是被哭着送走

我的疼痛

——读赵丽宏诗集《疼痛》有感

我的疼痛，难以言表
抽象得像风
没有明确的痛点
没有具象的伤口
呼啸的北风吹过
别人疼在肌肤
我痛于心上

我的疼痛，不可理喻
脆弱得像丝
若隐若现
丝丝缕缕
细细地缠满了心灵
剪得断你我的情思
理还乱无言的结局

我的疼痛，无法描绘
小得像针孔
看不出形状
说不出痛楚
无形的尖锐深入血脉精髓
让你痛彻心扉
却欲哭无泪

梦　想

暂时无法实现的梦想
且栽植于心垅
用渴望
日夜守护
不让尘俗污染
不让卑琐玷辱

每一个梦想
都鲜亮　都美丽
都纯洁　都崇高
让人细加品味
而后因之而感动
因之感动而落泪
为梦想唯努力执著

书　缘

在熙熙攘攘的人流里
我们像两条蜿蜒的小径
延伸在密密的书林里
如山间小溪，向着一个方向
越过空格复空格的荒原
饱蘸感情的笔尖
摇曳着希望的星光

你的明眸燃烧着激情
我的眼睛满含着期盼
三尺见方的书桌，咫尺天涯
厚重的书本开放着重重叠叠的心灵
一本书缩短了彼此的距离
思想者的手中握着真理

流浪者之歌

漂泊大上海
孑然一身
犹如风中之鸽

猝不及防
又冷又急的寒流
常常穿膛而过

回忆中的家园
有许多婉转的关怀
我却自负地错过

在全然陌生的魔都
流浪者的足音
如泣如歌

现代人画像

静静倚窗而立
看夜空繁星闪烁
为何悲愁为何落寞
夜夜望天而叹的
只有孤独的我

想哭想笑,想唱想跳
宣泄的方式是疯狂的迪斯科
学会掩饰,学会解脱
人格分裂可是现代文明的苦果

看夜空繁星闪烁
看世界迷离扑朔
许多不解之谜令人困惑
谁是真实的你
谁是真实的我

梦　醒

今年冬季格外寒冷
寂静无声的雪
从冬天的脸庞轻轻掠过
优雅而安详

孤独之屐履
回旋在
空洞的午夜长廊
曲折　委婉　哀怨
时间轻薄之翅翼
在幽邃的精神家园徐徐穿行

飘零的思绪
如一片片梦之羽洁白飞扬
心灵的呓语　悠悠呢喃
午夜梦回的吟唱
每句都是灼热的渴望
黑暗处亮起一抹微曦
梦醒
看黎明之剑刺破长夜
大地顷刻霞光万丈

哲学家

永远以准确的语言
给一切宇宙现象定义
把生命抽象为无生命的规律

有时候,万物在你的质疑中
突然静止
有时候,世界在你的斧凿下
破碎支离

你以超群的智慧
迷惑了别人
糊涂了自己
而人间世态一如远古
保存了原始的初心和朴素

沉　默

我对自己说别遗憾
美,总在一定距离之外
尽管很累很孤单
却不敢沉迷于优美的意向
怕真情不经意就溢出心坎

习惯了,孤独的跋涉
习惯了,无伴的黑暗
燃烧的热情像火也像海
我怕招惹
葬身火与海的悲哀

别无选择了
掐灭相思的火焰
对沉默罩下的神秘网纱
细加欣赏
细加珍藏

困　惑

总在怀疑
爱情
是一个美丽的炫词
于是
漫不经心地将它
随意处置
难道一次不期而遇
就能将芳心
迷失

爱情
究竟有没有起因
究竟有没有模式
在人生的密码箱里
哪一把钥匙
可以将它开启
哪一句箴言
又能将它
破译

静夜思

夜凉如水，回忆
梦魇般萦绕今晚的思绪
燃着，一支香烟
心事，在指尖间闪烁
袅袅升腾的烟雾
轻轻飞扬如舞影蹁跹

爱情，有点苦
咖啡，有点甜
远方的亲情
在回忆里温馨

这样的夜晚
品啜一杯香酽
佐以几行诗句
即便是
烟灭　茶凉　香消　月沉
亦不厌倦

暗　香

落雪纷飞
希望你捎一枝红梅给我
花瓶正寂寞
等待着那一缕缕幽幽的暗香
冰天雪地,除了诗
以及和诗有关的远方
否则,我实在想不起来
还有什么可以吸引一双眼睛与另一双眼睛

茫茫人海
你那熟悉的气息穿过岁月
以独特的味道,芬芳地萦绕我心
风雪彻寒,唯有梅花暗香涌动
那氤氲的气氛适合做梦
或许,是同样的一个梦吧
否则,我实在想不起来
还有什么可以温暖一个灵魂与另一个灵魂

问红豆

经历过多少日光月光的洗涤
才如此娇艳欲滴
因了多少诗人词人的深情咏叹
才这般染透了殷红的相思
小小的一枚玲珑剔透
像南国的风情令人着迷
今日,遇到了你呀
有心相约去采撷
悄悄问红豆
明年春天
我的相思树上再发几枝

灯下的心情

静下心来
就有满腹话语汩汩而出
握住笔
才知道词不达意
该从哪个角度切入
才能避免
触动心绪

洁白的素笺似情怀
一页页掀开
往事潮水般涌来
该选择何种姿势
让回忆
在心海里游弋

为何
多年以后
你还恣意地擅闯我诗歌王国
并把我的诗心
公诸天下

宿　命

往事缥缈如烟
由浓而淡的回忆
渐至
虚无
人生荒诞如梦
由假而真的逢场
终归
成空

看你如陌生人一样疏离
隔膜是两眼对视时
瞳孔的巨缩
站着在寒暄
冷漠
像不晴不阴的天
道别
握手便是忘却

禅　意

好像，并非没有谁
就无法活
否则，怎么会
狂潮之后
心如止水

其实，人生之路千万条
重新选择之后
或许
又能云淡风轻地
握手

因此，我们要淡然地看
每一次
欢聚或离散
所有花开花落
都默默地昭示
前世的因，后世的果

子夜即景

冬天的枯叶在纷纷地洒
落在我酣睡的枕边
停在我悠长的呼吸上
你悄悄地来,也悄悄地离去吧
请不要把脚步声弄得那么响
埋头读完生涩的书籍
我要静静地进入我的梦乡

也许,枯叶如同肃穆的思想
一起落下,一起落下
寻找它们该去的地方
你悄悄地来,也悄悄地离去吧
深夜独步在小雨中
我的心灵在祈祷在挣扎
对着落叶倾诉衷肠

世间万物那么静谧
请不要把话儿说得那么响
你悄悄地来,也悄悄地离去吧
也许,在你生活的地方
才是我心灵永恒的故乡
对着遥远的方向
只能送去我温润无力的目光

除夕：微信红包

今夜，很多红包在飞
天南地北，红红火火
大家都说，这样才有年味
我也不能免俗
包完一个心愿，再包一个祝福
我的红包在网络天地里穿梭
亲情爱情友情
这一刻都要用某种意念
发酵装饰珍藏

一秒稍纵即逝的拆分
一个众星拱月的点赞
发来发去，你来我往
用短暂的热闹
慰藉隔空的情感
伴随零点钟声
旧的一年
庄严落幕

无名之梦

我梦见一片大海
阳光在海滩肆意地倾洒
白色沙粒被海风吹着相聚或分开
灼灼烈日把脸刺得生疼
握一把沙
手掌,摊开又合上
阳光下,却有嗖嗖凉意
哗哗地从手心滑过

海的尽头
梦幻被晕染出蓝色的光圈
一颗晶莹的泪珠
在睫毛上孤独地舞蹈
慢慢地,慢慢地
旋转成太阳的雨点
那双寻找温柔的眼睛
突然眩晕而疼痛

早　春

淡淡新绿悬挂枝头
空气飘扬清新的香甜
三月春风轻触窗棂
思念的树梢栖息三两只情绪小鸟
远方,你的温言软语
搅动我内心微澜

倘若以诗钟情,是我们彼此
命中缘定
每一次冬去春来
眼泪不辜负念想
心中鲜红,纯白,蓝紫,金黄的花儿
都会在春天,被相思之笔
描绘得色彩缤纷
诗意盎然

春　日

春暖花开，和煦的阳光
透过芭蕉叶倾洒一地
温润的泥土，初生的嫩芽
每一条柳丝
都在春风中飞扬
迷醉的春色
美好成一首诗
定格成一幅画
……

清风徐来，风铃摇曳
屋内的墙壁纯白如雪
悬挂斑斓的回忆
屋外的车水马龙
化作美妙音符回旋跳跃
远处的梨花桃花烂漫盛开
有的随风而去，有的碾作尘泥
还没多看一眼
便成了过去的时光
……

风吹过，自由拚命生长

爱经过,心灵大梦一场
度过太多以梦为马的时光
过去的美丽和芳华
现在的绚烂和刹那
终将化作记忆深处的一颗痣
宛如朱砂
……

春下江南

动车飞驰
从一座城市穿越到另外一座城市
我的思绪
蜿蜒在花朵点缀的轨道上
山川秀美,田野旷寂
三月,下江南
一排排自然飞扬的树林
如流年遗落的
日光与月光

春光明媚
温暖的太阳衔接着曦晨和暮晚
回忆的花 思念的花
一丛丛,在诗的音乐里
宛如梦境里的火焰
焱焱燃烧
枯木逢春的三月
下江南
春心,掩饰不住
妖娆而芬芳

故乡的春雨

春雨飘飘想起遥远的故乡
整座小城笼罩在冰蓝色的薄雾里
烟雨在山谷氤氲流动
自由而散漫
云雾缭绕的群山清翠
故乡,最美

春风柔柔想起同样遥远的你
离开家乡那天
微光在你身后闪耀
天色尚早,送别你时,除了我的泪水
还有故乡云上的歌谣
从此山高水长,写这首诗
用了一辈子的时光

西湖漫思

烟雨之间
恍惚又见白娘子和许仙
在断桥处缱绻
一颦一笑一翩跹
堪比湖边依依垂柳缠绵

长长白堤宛如西湖的一根情丝
转身就被牵引到苏小小墓前
历史的典故犹在孤山镶嵌
三潭印月
有着千古传说,拨动心弦

天空若有若无的雨丝飘洒濛濛香甜
一擎花伞下
晃动一张恍若隔世的脸
几分诗意,画意
又几分古意,禅意
一点一点,若隐若现

我闻到花的芬芳

昨晚的泪水
已经挥发得无影无踪
黎明的霞光刺破黑夜
清晨,我将心情装扮成
鲜花,面包,牛奶,或咖啡的香味和形状

一幢幢大厦,朴素或豪华的办公楼
丽人们裙裾纷飞穿梭
小伙子脚步生风
没有人想起
昨晚的烟雾缭绕和酒的醉态

所有的人来车往
都在尽力避让,以服从规则的谦卑
鱼贯而行,苟活于红绿灯的召唤
如同卑微而渺小的
个体,在逼仄的生存空间
匍匐穿过狭窄的生活隙缝
小心安静地活出快乐和希望

忘掉往日的悲伤
我听到鸟的鸣唱
我闻到花的芬芳
……

假如悲伤可以触摸

假如悲伤可以触摸
你是否会驻足停留
温柔的俯身抚摸
生命的豁口
这样,爱的伤痛是不是会降到最低

心灵花园杂念丛生
一枝小小的希望藤蔓
从残垣断壁的废墟
不合适宜地向你
伸手攀援
仿佛看到卑微之人
怀着善念,纯真地穿越时光的摧残
——保留了初心

假如悲伤可以触摸
人世间是不是就不那么冷漠
我是不是就可以不需掩饰
即使无人安慰
在悲伤时大声痛哭
而你,恰好从眼前路过……

假如悲伤真的可以触摸
你是否会做片刻的停留
仅仅,……为了曾经的我

别梦依依

今夜,这长若一个世纪的不眠之夜
我连梦里都在寻找前行的方向
——寻找不再迷茫的自己
神驰天地间,有一个可以栖息
困顿灵魂的温柔之乡

失眠的眼前点点火星四溅
睡眼朦胧中遥不可及的梦
沉沉坠入深渊
这场梦啊！如此漫长又短暂
不忍捡拾那些惘然失措的疼痛记忆
思念纷纷化作玫瑰的花瓣
如雨,又似阵阵悠远的回响

世事难料终难寻得峰回路转
别梦依依,幸好自己还在
没有被迷途俘虏,也没有被温柔拐卖
一路跌跌撞撞,黎明前
终于醒来
彩虹般,我的梦啊
碎碎飘落在幽邃寂静的心海……

如果梦，足够长

曾经有相当长的一段时间
用来刻意远离并忘记
青春的梦想，以及美好的与诗相关的一切
避免触碰一个名字
在寂静而空旷的深夜
怕倾听，一颗流泪的心

茫茫人海中你的名字
宿命般停留在渺小如我的生命里
一行行优美的诗句，恣意飞扬
瑰丽的文字，携一缕缕思想的微风
日夜吹拂我的心灵，隔着时空
你却，浑然不觉
也不知

理想敏锐的触角，放射出
强烈的光芒，耀眼如日，又如星
时间骤然停止
如果……如果梦，足够长
只希望走向远方的路上
在青春如梦的季节
让我，恰好遇上你

假寐于夜

在黑夜与黎明之间
似睡非睡的无意识
是孤独夜幕闪耀的
满天繁星

有一种想见不能见的思念
让情感的高烧把漆黑的夜照得通红
如果理智的良药可以治好异想天开的瘾病
我情愿将黄莲的苦根熬成水
一饮而尽

相信未来,热爱生命
你的诗有着洞穿人性的澄明
那些力透纸背寻找真理和光明的力量
让我在无数难以成眠的崩溃瞬间
重获信心

黑眼睛

沉默,以及明亮的黑眼睛
是我读懂你身上的标签
心中有爱,言语已然多余
诗歌的天空广袤而辽阔
你的诗句
被人们四处诵读和传播

心扉,诗意自由地敞开
文字背后,谁藏谁躲
带着胎记的词语风格
泄露你内心的秘密
我戴上面具
像其他读者一样保持距离

孤独的世界那么寂寞
惺惺相惜请彼此靠近
在忘记之前擦身而过
我们浅浅一笑
你不说,我也不说……

偶　像

或许人生不易
我们才会编造梦想
逶迤在精神的家园里
寻寻觅觅

倘若运气好
一见倾心了
会彼此携手偎依
坐看云卷云舒
聆听花开花落

更多的时候
就只能拼命地摇曳心旌
向着远方的愿景
开始一场疾步如飞的逐梦

正因为梦美
我们宁愿一辈子把时间消耗在
日思夜想,渴望与偶像
面对着面,心对着心

其实,偶像似梦

不过庸常人生的幻想
像那浮尘的影像
疼痛的虚妄

今夜，孤独无援

今夜冷雨敲窗
一壶潽洱芬芳的气息，陪我禅定
雨点般的思念顾影自怜而纷纷坠地

时光手指弹奏忧伤之曲
内心万壑千川带着决绝的勇气
折翅之梦想四处碰壁

眼镜，本子，笔，散落一地
诗的血脉依然贲张
何惧流尽最后一滴

孤独无援，煎熬着残酷隐忍的坚强
强颜欢笑让一切尽早结束吧
并且祈祷最终胜利

自　嘲

醒来，目光投向窗外
林立的高楼将天空任意切割
不远处桃花灼灼
春天一抹阳光短暂反射到窗前
倏忽又暗淡

未完成的那首诗摊开在书桌上
汩汩流淌的句子 或短，或长
一如你的心思
有时晦涩，有时透亮

你的脸庞在眼前浮现
头，隐约作痛
关上窗，回到寂静的房间
顺手把敞开的心门，栓上

试着写完那首诗
胡乱涂鸦了几笔
语言被距离限制了想像
斜靠椅背我恶作剧地笑：既已如此
缪斯女神又能拿我怎么办

失　眠

之一

你太优美的文字把我的情丝撩乱
渴望无处躲闪
像一群飞掠而过的魑魅魍魉
朦胧的意识飘忽不定
惺忪的睡眼
茫然注视黑暗中微弱的光亮

黎明前的夜，笼罩在漆黑之上
由青而白渐变的苍穹
凄然悬挂一弯心月
沉重的叹息若是惊扰你梦中平静
道一声抱歉
我拼命想，要不要将一切遗忘

之二

受到夜的漆黑的暗示
今夜，孤独牵引着思绪
我的悲伤逆流成河

明眸被垂落的头发遮盖
视而不见
静默中,那一张惆怅的脸

回溯心灵深处
人性的幽邃与神秘
乘着爱情的疾风
体验求而不得的若隐若现
怀抱痴心
黎明前,我奉旨闭眼

诗集出版

我喜欢这样的生活
像爱一个人似地爱着诗
出版一本诗集犹如酝酿一个孩子
十月怀胎
让它以缓慢的速度在温暖的子宫里成长
激情和想象力就是全部的营养
每天构思孩子的模样
宛如雕琢一件精美的艺术品
一笔一划,小心翼翼
如何遣词,如何造句,如何成型
如何上色添彩
如何在呱呱落地之前
不被外人窥探内心的秘密
暗地里,偷偷的欢喜
诗人犹如年轻的母亲
当孩子降临,幸福地哭泣

第三辑　组诗：时间的流沙

只要那些被称为“爱”的怦然心动的感觉还在，只要那些内心呼唤过的柔情还在，即使独自行走在陌生的城市里，梦里的那些思念依然会被琐碎的日子精心收藏……

“山无棱，江水为竭。冬雷震震，夏雨雪。天地合，乃敢与君绝。”

多美的誓言，却也敌不过时间的轮转和岁月的流逝，唯有永恒的诗歌，是幸福，更是永远。

人生宣言(三首)

一

历劫的心不肯老去
饱尝了生活的苦辣酸甜
成熟的感情
如酒一样醇厚浓酽

走过人生的春夏秋冬
不管荣辱恩怨
穿过泥泞
身后的风景永远是最美的画面

昂起高傲的头颅
面对苦难展开笑颜
用真诚
将生命之书装订得无比庄严

二

我采摘一片绿叶
如果没有鲜花
只用温馨的绿
装扮大地

我在默默耕耘
不问收获
只用血汗之力
理解充实

我会不忘初心
在人生奋斗路上
只用沉着之笔
书写自己

三

我把能够留住的
或
不能留住的遭遇
在夜里
用心写进诗里去了

日复一日地回首细寻
静静地一页页掀开
那一行行的诗句
全是生命低吟高亢的咏叹

朦胧情丝(六首)

初　恋

小路
似悠长悠长的情丝
把你和我
悄悄系牢

地上
真切的足慌
天上
却没有月亮

夜的荧幕
只有两双晶亮的眼睛
相互避闪

记忆·思念

记忆是电流
而你是电源
只要一接上
就浑身颤慄

思念是静水
而你是投石
只要一回忆
就荡漾阵阵涟漪

该忘的
永远也忘不了
想问的
永远也没有答案
永恒的
只有这首短短的小诗

门里·门外

门外是我
门里是你
门外的我孤独地站着

门里的你寂寞地坐着

漫长的等待
紧闭的心扉
等我轻扣
还是
等你开启

读 你

你是一本书
沉默的书
哪怕不著一字
都是我终身的阅读

月上柳梢
再上城楼
读你何止千万遍
那又如何

随　感

一段熟悉的旋律
回响在书房里，沏上茶
拿出你的诗集
虔诚地翻阅

用纤细的指
划过你的名
用粉红的唇
读你的诗

一行行优美的文字
从我的眼睛
跳跃着
进入我的心灵

久久地，无言可说
合上书
用心体会
属于我的寂寞

悸　动

山的背面　暮色已四合
少女抬着头望天
她的脚下
覆盖着比暮色更浓的树叶

海的这边　远方在思念
少年在彼岸望海
他的眼前
浪花一朵朵飞向碧海蓝天

关于你(五首)

其一

你的微笑
是我的眼睛

你的吻
是我的唇

你的形象
是我的思想

整个的你
便是我的生命

其二

我无意中窥探了你的世界
寻思你是不是我孤独的影子

曾无数次揣测你无语的眼神
你的沉默是我心上不眠的星星

黎明方才读懂你的秘密
也才明白我的心思

其三

如果这一生的努力
也写不出一首让你记住的诗

我干脆把心揉进诗里
当你诵读时愿它跟着一起跳动

假如我化作一株诗的仙草
日夜沐浴灵感雨露

那么只要你还爱诗
你是不是就会一样爱我

其四

你在远方我目光无法企及

思念翻山越岭追逐远方的足迹
我的心雨是否在异国淋湿了你

每天为你写一首诗
温柔的话都在诗里
有些热烈深情　有些忧伤空灵

我在沉默中感受你的心情
在我俩之间我唯一能掌控的
就是写诗的速度和诗里描绘的风景

其五

在你住的地方 我曾怎样徘徊
徘徊于街口
幻想我是你最近的一幢

在你住的地方 我曾怎样祈祷
祈祷于偶然
碰巧你正出门把我寻找

你住的地方 就是世上最美的地方
不管我浪迹何方
想起它就像想起可爱的家乡

爱与爱情(两首)

爱……

爱……
是佛前求生求死许下的
一个夙愿
还是千年万年虔诚的
潜心修炼
是前世的因,后世的缘
是为此苦盼长久的紧拥温甜
是耳鬓厮磨身心交融的缠绵

爱……
可不可以不再忧伤
可不可以在美妙的瞬间
用浪漫,保持
永久无悔的思念

爱……
每一次回忆

都是一次旧物整理
擦擦洗洗　分分拣拣
心灵的窗户
历经风风雨雨的磨砺
依然
明净似水　温柔无限

爱　情

爱情……
比地球厚
比天空高
比海洋广
爱情，是读不尽的书

爱情……
比雾朦胧
比云缥缈
比山沉重
比风轻盈
比冰还冷
比火还热
爱情，是猜不透的谜

爱情……

比幻想真实
比记忆悠远
比忘却淡薄
比幸福甜蜜
比苦难深重
爱情,是写不完的诗

爱情比日月江河更为不朽
爱情永远是人类永恒的主题

情人节日记（两首）

情人的眼泪

很多年过去了
我的爱仍温柔地簇拥着你
不忍凋零
你的柔情像极情人节的玫瑰
始终保持芬芳欲滴的姿态
让我深深沉迷

当我双手举盏
穿过岁月的尘埃
把你从照片上唤醒
与你喃喃低语
顷刻，往事的酒杯
蓄满了苦涩的泪水
或许，世间的很多故事
结局，从开始就拂逆了初意

依然是那样的脸,那样的眼
依然是那样的风,那样的雨
长长的跋涉
日子疲惫不已
无尽的相思
就像黛玉手中一柄葬花的锄
前面葬着开始
后面葬着回忆

情人的思念

这样的季节容易把思念放飞
昏黄的岁月之河默默流淌
风中舞动的玫瑰
昭示着
思念的良期又至
远方的你,今晚心归何处

这样的日子容易拨响心弦
曾经的温存弥漫于时空
人静处
回忆似夜深时的水滴清凉又甜蜜
一切,只因年轻时和你
捉过一个谜藏
你穿越"爱"的"时光"
我穿越"情"的"隧道"

苦恋之心曲(三首)

别让我

别让我
以难以理喻的心情
在夜里,寂寞地消受
孤单

别让我
在熙熙攘攘的人流里
苦苦辨认你温馨的面容
以虔诚之心
聆听你的
呢喃

如果,你真的爱我
请别让我
总这样,无助地被爱情
逐出门槛

我的祈祷

——读席慕容诗集《七里香》有感

我知道人生不易
深深相爱更难别离
此刻上苍啊
请听我虔诚的祈祷
成全我的这番心意

请给我一个明媚的春日
让我与他相守相依
再给我一份美丽的恋情
拥有纯洁无瑕的甜蜜

今生我只能来世一次
上苍啊,祈求你——
请再赐我一颗温柔的心
好让他夜夜想起

韶华难留,当岁月飘逝
华发的他
仍要将我苦苦寻觅

缘

如果命运令我
只为与你相遇
如何清醒的今朝
不见你颜华如玉

如果来世一遭
只为与你相聚
如何流连的盛筵
宾席里无你身影

如果无缘聚首
相逢只是游戏
如何青春的心坎
为你情牵又梦系

都市变奏(四首)

距　离

一场暴风雨
几乎把我们
或送上天堂　或沉入地狱
但,一经平息
被雨水淋湿的我们
却又被彼此的目光
远距离地
烤干

舞　会

变幻莫测的灯火
扑朔迷离的诱惑
把两个寂寞的灵魂
拥到一起

疯狂的节奏中
欣赏着
扭曲的对方
和
扭曲的自己
曲终,各奔东西

刹　那

刹那的对视
刹那的迟疑
造成
刹那的失控
终于交臂而过
留下揣测的反复

没有交谈
没有微笑
两双凝视的眼睛
是深不可测的湖

仿佛等待了许久
好像又十分生疏
彼此的心
划过一道狂喜的弧

久违的约会

久违的约会
正耐心地等我刮尽往昔的胡子
火红的连衣裙
正热情地为我熨平岁月的皱纹
少女特有的温柔和执拗
正帮我温习年轻时读过的台词

一切，自然而又顺理成章
就在我下决心拉开理智的闸门时
儿子的目光
却无言的为我
紧紧插上
心灵的门栓

冥想与哲思(五首)

循　环

白昼拖着疲惫的身体
走入诱惑的黄昏的怀抱
黄昏把羞涩的面容掩藏
埋在深沉夜的胸襟
世界在交替循环的赠予中
寻找各种理由注释
明朗与朦胧的感觉

寻　找

寂寞的时候
便会去读诗写诗
在诗中找到
你和我在一起的感觉

痛苦的时候
也会去读诗写诗
在诗中寄托
人和人所拥有的真情

断　想

情窦初开时　我幻想
爱情的甜蜜

坠入情网后　我憧憬
小家庭的幸福

组成家庭的我　却怀恋
孩提时无忧无虑的天真

无　奈

眼看一轮骄阳
渐渐被时间销蚀成
一抹淡淡的斜阳
无力回天

美丽的时光
悄然流逝
无论怎样深情呼唤
永不复返

规　律

有些事　不是万般珍惜
就能藏住
有些事　不是极力挽留
就能拥有
有些事　不会因为时间
就会淡去
有些事　不会因为距离
就会远去
有些事　不会因为岁月
就会忘记
世间的万事万物
都有着谁也无法改变的规律

四季风景(一组)

春

走过大江南北
寻遍姹紫嫣红的花园
春像一位多情的女子
明媚的春光似温柔的眼波
只浅浅一瞥
三月的桃花
便羞红了楚楚花容
倾倒了——
无数爱春的人们

夏

才被蝉鸣声吵醒
又被姑娘的裙角
绊倒

而夜晚——
冷不丁却惊散了约会的“鸳鸯”
整个夏季
又闷又长

秋

收获的田野旁
总守候着严厉的老师和家长
秋天
最让人怀念的
是洒满月光的夜晚
细细品尝月饼的
馨香

冬

冬像一支箫
在寒流袭来时凄凉地响起
入神的听众
总是那想家
却无家可归的
流浪汉

咏物·随感(一组)

花

满园春色才能姹紫嫣红
一枝独秀
是一朵花的烦恼
百花争艳
是一群花的忧伤

柳

改不掉的水性杨花
即使在风雨中
依然轻浮的
搔首弄姿

湖

犹如老妇人的脸
微风吹过
笑出一脸的皱纹

山

貌似伟岸挺拔
其实任何意志坚定的人
都可以把它
踩在脚下

海

咆哮了千万年
容纳了百川之源
终有一天
时间,把它填成
沧海桑田

辞旧·迎新(两首)

送别 2018 年

大雪小雪
裹挟着酸酸甜甜的风雨
将昨日洗涤
这时节,希望的梦想缠绕着
冻土下的根须
新绿之芽将破土
春天,已不遥远

迎着凛冽的雨雪,在风中站立
看万家灯火
或许,某一方亭台
历史老人正在围炉夜话
或许,某一处楼阁
青春花朵正在渴望芬芳

风月悄悄
时间的金梭从过去穿飞而回

在历史的经纬中
来来往往的梦痕
流过一个又一个百年
刀光剑影的帷幕,影影绰绰
血与火,悲欢或离合
纵使枕戈待旦,朝代更迭
炎黄子孙枝繁叶茂
轮番演奏顽强不息的凯歌

今夜,瑞雪兆丰年
憧憬未来,祖国
以一个庄严而盛大的仪式
迎接全新的明天

翻开新的日历
每一页都夹着幸福的标签
奋斗的脚步不会停止
当历史跨过 2018
我张开热情的臂膀拥抱 2019

祝福你,祖国
以雄壮的合唱,让辉煌的旋律
回荡华夏大地上空,让青春之中华
以澎湃激情,以动人姿态
书写江山如画,让五星红旗猎猎飘扬
傲然闪耀于世界最高巅峰

展望 2019 年

携飞奔而来的思绪
从 2018 一步迈入了 2019
崭新的景色
描绘着新一年的憧憬
我,凝视远方
感受时代的灵感,栖息于
城市的每一个角落

寒冬之后
迎来春的温润
播种耕耘,辛勤劳作
期盼希望的田野
孕育金灿灿的稻穗
将生命的成熟,收获
伟大的祖国
将以无与伦比的坚韧和勤奋
同唱中华民族自强不息的欢乐之歌

黄浦江上的涛声
外滩建筑上空的钟声
和着建设者的打夯声
在楼厦与楼厦之间
绕梁,如鸽哨流云
连绵不绝,壮丽而巍峨

新的一年已经诞生
在祝福声中
让大地花开繁茂
让天空星河永恒
让人民的希望结为丰硕的成果
你好，我亲爱的祖国

思乡曲(四首)

故乡的河

蜿蜒曲折的那条故乡之河
常在我梦中萦绕
几多风雨
几番漂泊
人生之旅山高水长
无限思乡之情
经年轮变换
早已变成了笔尖下
写不尽,流淌不完的诗句

一样清澈一样悠远的水
异乡河船上的点点渔火
映照我心湖荡漾的涟漪
回首时,岁月如飞
青春已随风而逝
故乡的一草一木
总在我泛青的记忆中

缠缠绵绵　郁郁葱葱

故乡的小河啊
你晶莹的粼粼波光
穿透岁月的暗道
温柔的闪亮
日夜拍打我紧闭的心扉，也许
他乡也有情
他乡也有爱
但唯有浓浓的乡情
才能慰藉我永远孤独的心灵

乡　情

孤旅
踏在异乡沉重的脚步
足音就像故乡古老的铜鼓
每一寸游移
都踩成一串优美的音符
亲切的乡韵
伴随艰辛的旅途
轻轻驱散心灵的孤独

天涯海角
纵然万水千山的险阻

魂牵梦系的乡情
唤我快快踏上
风尘仆仆的归路

乡　愁

故乡
是否可以把你的形象
印制成一枚枚精致的邮票
在思乡的时候
由思念　寄往
心房

故乡
是否可以把你的声音
录制成一首首动听的歌谣
在想家的时候
让游子　用同一种声调
歌唱

乡　音

让故乡的山水
在时间的隧道里反复曝光
拍成一张张美丽的幻灯片
制作成高清的 VCR
在思乡的夜晚
朝着故乡方向反复播放

故乡清清小河
仿佛从梦中流出
在心底掀起层层波浪
老屋前的千年古榕
葱郁的枝叶摇曳
在记忆足下飒飒作响

就这样静静观赏
就这样静静怀想
浓浓的乡情
洗去了岁月的风尘
让流浪的心
泊满甜蜜的馨香

归故园记(三首)

游子回乡

站在八桂大地
面对家乡郁郁葱葱的草木山川
心情犹如南国的天空碧蓝如洗
时间的花瓣
纷纷扬扬,恍惚中
亲人们一个个从记忆老宅走了出来
早霞和晚霞轮番沿山间公路盘旋
一路蜿蜒迂回
初夏夜空下
月亮沿着坡上梯田一层层
走下云端　照进心里
又一层层翻过了山岗
明月高挂有童年的回忆
这里,喀斯特地貌突出
这里,红土地热情似火
这里,木棉花诉说豪情
这里,红豆写满了相思
一山一石坐等刘三姐和阿牛哥
一草一木带着壮乡优美山歌在岭上飞扬

时间冰冷的指针在岁月中穿梭
今晚，泪水山泉般溢出眼窝
无情的光阴悄然改变了青春容颜
家乡天翻地覆早已今非昔比
游子回乡的心情
今日亦不同于昨日

顶礼膜拜

——观广西宁明花山岩画

亿万年的地貌经历几多炼狱的变形
象形文字在花山岩壁孤独地舞蹈
岩层一年一年以青山为笔
摩崖成令人膜拜的图形
多少飞禽走兽曾遥巡过祖先栖息的茅屋
多少次的地震山洪掩埋过前人累累白骨
一代代山民在此茹毛饮血
一代代勇士以不屈之躯刀耕火种
花山岩画映照骆越文化的神秘
血与火的洗礼延续相同中华民族的文明

我笨拙的笔力
怎能描绘出你光芒四射的魂灵
我迟钝的身心
如何触摸你悠悠远古历史的神奇

童年时光的老屋

重走故乡的路
阳光拨开思念的迷雾
逝去的时间,留下斑驳的痕迹
岁月的风尘,闪现怀念的光芒
石磨　深井　老牛　榕树
还有长长的田埂和袅袅炊烟
拽出深深浅浅的回忆
慢慢堆砌成童年时光的老屋

屋外的篱笆墙围满了等待的枝桠
墙角家传的樟木箱
锁着梦里氤氲的温馨
儿时玩伴稚嫩的笑脸
熟悉的乳名犹在耳际
布娃　跳绳　小人书
那是永不干涸的童年河
在遥想中,波光粼粼的闪烁
静静绕过童年时光的老屋

再走故乡的路
月光漫过层层旧年窗户
一声问候,亲切的乡音打通了时光之墙

蓦然唤醒前尘往事来回穿梭的脚步
逆着人生前行方向
脚踩熟悉的故土
我把乡恋一路携带
轻轻穿过童年时光的老屋

后　记

光阴似箭，白马过隙。

说起我和诗歌的前尘往事，那要回溯到40年前去了。

1979年，初中毕业的暑假，我偶然在父亲的书柜里发现三本诗集，分别是俄罗斯诗人马雅可夫斯基、普希金、莱蒙托夫的诗集。翻着翻着，我一下子就被优美的诗句迷住了，每天都要拿出来翻阅，父亲看出了我的心思，就把诗集作为生日礼物送给了我。

从此，诗歌驻进我心里，开始走进我的生活。

1978年，改革开放后文学迎来了春天，各种文学刊物如雨后春笋冒了出来，以舒婷、北岛、顾城、杨炼、梁小斌等为代表的朦胧诗闪亮登场，将诗坛搅动得风生水起，赵丽宏、海子、芒克、欧阳江河、西川、骆一禾、食指、徐敬亚、王家新、王小妮、翟永明、张烨、陆萍……百花争艳，各领风骚。那个年代，囊中羞涩的学生买不起太多的诗集，从各种报刊杂志上抄诗成了我每日的功课。同学们知道我喜欢诗歌，只要看到了都会主动抄给我。犹记得，我当时最喜欢的诗人有两位，一位是上海诗人赵丽宏，另外一位则是中国台湾诗人席慕容。新华书店一有他们的诗集上架，我就悉数买回来研究学习。

1981年，我考入大学，开始写诗，1985年，读研究生后开始陆续发表作品，不仅是校园“文学社”的活跃分子，还被广西“南国诗社”吸收为会员。“文学梦”“作家”“诗人”在那个年代自带光环。尽管我本科、硕士的专业都是历史，但从1979－

1990 年几乎所有的业余时间，我都用于学习、研究、创作诗歌，自由自在畅游在诗歌的美丽语言世界里乐不思蜀。

上个世纪九十年代初，正值传媒行业飞速发展，我转行电视新闻传媒，在上海文化广播影视集团及其所属的几家单位工作了 20 多年。快节奏，高压力，重负荷，使我只能心无旁骛地投入到工作中，为兼顾家庭与事业，作为业余爱好的诗歌创作被我忍痛舍弃了。只是万万没想到，这一搁置就是这么多年。

但是，诗歌的光芒仍在指引着我，思想的微光时而闪现。我依然热爱诗歌，每当午夜梦回、灵光乍现时，在工作之余偶尔涂鸦，有时情不自禁就会用诗歌写日记的方式来记录飘忽的心绪。

人生峰回路转，重拾诗歌创作的转机出现在 2015 年，我的工作岗位有了变化。机缘巧合，因工作关系，我终于有机会面对面见到了著名作家、诗人赵丽宏先生，他当场签名送给我一本最新出版的诗集《疼痛》。当一行行熟悉的诗句跃入眼帘，刹那间，诗情画意的灵感重新出现……

之所以将诗集取名《未竟之旅》，是因为人到中年，恰如人生之中途，诸多心愿尚在路上。这 130 多首诗是平日对生活的点滴思考和感悟，用诗的语言进行表达，诚惶也诚恐，不知道有没有一首诗能引起您的共鸣？我只当是自己文学创作生涯的习作结集汇报，读者都是我尊敬的老师，真诚希望得到各位的指点，敬请批评赐教。

在此，特别感谢赵丽宏先生的指导帮助，感谢他百忙之中为拙集写序，这对我不啻于莫大的鼓励。感谢著名作家王小鹰女士特别推荐，感谢著名诗书画家徐圆圆女士题写书名，感谢著名诗人陆萍、戴仁毅两位老师的不吝赐教，感谢责任编辑徐如麒老师的辛勤付出，感谢长期关心我的领导、同事、老师、朋友，在此就不一一列举。当然，更要感谢我的家人给予的理解和支持。

感谢生活的馈赠，感谢美好的诗歌。让诗歌的光芒一如既往，共同照亮你我的生活！

2019 年己亥春节

图书在版编目（CIP）数据

未竟之旅 / 崖丽娟著. -- 上海 : 上海文艺出版社, 2019

ISBN 978-7-5321-7175-0

Ⅰ. ①未… Ⅱ. ①崖… Ⅲ. ①诗集－中国－当代

Ⅳ. ①I227

中国版本图书馆CIP数据核字(2019)第081822号

本书为上海文化发展基金会2019年度第一期上海文化艺术资助项目

发 行 人：陈　徵

责任编辑：徐如麒

封面设计：钱　祯

书名题签：徐圆圆

书　　名：未竟之旅

作　　者：崖丽娟

出　　版：上海世纪出版集团　　上海文艺出版社

地　　址：上海绍兴路7号　200020

发　　行：上海文艺出版社发行中心发行

上海市绍兴路50号　200020　www.ewen.co

印　　刷：上海文艺大一印刷有限公司

开　　本：889×1194　1/32

印　　张：5.5

插　　页：3

字　　数：121,000

印　　次：2019年9月第1版　2019年9月第1次印刷

I S B N：978-7-5321-7175-0/I · 5732

定　　价：30.00元

告 读 者：如发现本书有质量问题请与印刷厂质量科联系　T: 021-57780459